Pour Isabel

Collection dirigée par Emmanuelle Beulque
© 2013, Éditions Sarbacane, Paris.

www.editions-sarbacane.com
facebook.com/fanpage.editions.sarbacane

ROD WATERS

LE GRAND JOUR
D'ÉRIC

UNE COURSE À VÉLO PAS COMME LES AUTRES

SARBACANE
depuis 2003

C'est un grand jour pour Éric. Le jour de la course cycliste, avec ses coureurs aux maillots multicolores et ses centaines de spectateurs agitant des drapeaux.

– L'arrivée a lieu dans ma ville, lui dit son amie Émilie au téléphone. Viens la voir avec moi !
– Génial ! répond Éric. J'arrive tout de suite !

Et il se lance à la recherche de ses chaussures.

Émilie est ravie de voir Éric.
« On va pouvoir pique-niquer », songe-t-elle
en regardant le beau soleil par la fenêtre.

Elle ouvre le placard : tomates et fromage pour
les sandwiches, pommes bien rouges, soda…
« Trop bien ! » se dit-elle. Elle remplit son panier,
puis elle prend un livre et commence à attendre.

Éric prépare ses affaires, lui aussi, il n'y a pas de temps
à perdre. Il vérifie son sac :
« Deux pneus de rechange et une boussole, mon kit
de premier secours, mon ballon, des caramels… Parfait !
Et surtout, se rappelle-t-il soudain, le plus important…

… des fleurs pour Émilie ! »

Il coince le bouquet par-dessus le tout et saute sur son
vélo, appuyé contre le mur.
« Vite ! c'est l'heure ! »

Et le voilà parti…

Le soleil brille dans un ciel parfaitement bleu.
Éric pédale en sifflotant quand, tout à coup,
un coureur cycliste le dépasse avec un long cri :
Aaaaaah… Plouf ! entend Éric, puis plus rien.
Le coureur est tombé dans la rivière !

– Je… j'ai dérapé, balbutie-t-il en sortant la tête de l'eau.
– J'ai ce qu'il vous faut… le rassure Éric, le nez dans
son sac. Attrapez ça !
Il fabrique une corde avec ses pneus de rechange
et repêche le coureur comme un gros poisson.

– Vite ! dit Éric, je dois y aller !
Et les voilà partis…

Éric accélère, il ne veut pas être en retard. Soudain,
en traversant un village, il remarque un poteau indicateur
tout tordu, qui n'indique plus rien. Juste dessous,
un coureur assis par terre a l'air triste à pleurer.

– Je suis perdu, sanglote-t-il en cherchant son mouchoir.
– Je vois ça, fait Éric, perplexe.
Il réfléchit.
– J'ai ce qu'il vous faut ! Tenez !
Et il sort sa boussole de son sac.

– Vite ! Suivez-moi !
Et les voilà partis…

Les abeilles bourdonnent dans l'air chaud aux senteurs
de lavande. Un nouveau coureur les dépasse. Il lève
la main pour les saluer quand *Pschhhh…* fait son pneu
– et le coureur s'arrête.

– Quelle poisse ! J'ai crevé ! grommelle-t-il en cherchant
sa pompe.
– J'ai ce qu'il vous faut ! s'écrie Éric, triomphant.
Il sort deux pansements de sa trousse de secours
et les colle en croix sur le trou.

– Vite ! Émilie m'attend !
Et les voilà partis…

La chaleur monte, monte, et c'est un soulagement
quand la route s'engage sous une rangée d'arbres.
À la sortie d'un tournant, Éric et les cyclistes découvrent
un coureur dans le fossé, son vélo dans une main
et une roue dans l'autre.

– Euh… ma roue s'est détachée… avoue le coureur,
tout penaud.
– Attendez… fait Éric. J'ai ce qu'il vous faut !
Il brandit son sac de caramels. En deux temps trois
mouvements, il a refixé la roue à l'aide des bonbons collants.

– Vite ! Suivez-moi !
Et les voilà partis…

Les roues ronronnent gaiement, les oiseaux chantent et les fleurs d'Émilie perdent de plus en plus leurs pétales… C'est alors qu'au milieu d'une côte, ils aperçoivent un coureur qui semble faire du surplace.

– Je… je n'en peux plus… souffle-t-il avant de s'écrouler.
– Je sais ce qu'il vous faut … dit Éric. Un bon gros…

Et il se met à gonfler, gonfler son ballon, puis il l'attache au maillot du coureur, qui paraît s'envoler soudain vers le sommet de la côte.

– Vi… Suiv… halète Éric.
Et les voilà partis…

Il n'y a plus un seul pétale à son bouquet, Éric a mal aux
genoux et les cuisses en feu. Heureusement, les premières
maisons de la ville d'Émilie apparaissent enfin.

– Il faut que… lâche Éric à bout de souffle, j'arrive…
pffff… à temps !
Et il appuie encore plus fort sur les pédales. Comme
ils entrent dans la ville, il y a soudain une foule de gens
pour les encourager, les uns massés au bord de la chaussée,
les autres penchés aux fenêtres.

– Allez, petit, courage !
– Je dois… murmure Éric en pensant à Émilie qui l'attend…
Dans un long sifflement, le peloton s'engouffre dans
la dernière courbe.

Éric fonce si vite entre les spectateurs qu'il ne voit
pas la banderole d'arrivée et atterrit en plein…

… dans les journalistes. BING ! Les carnets de notes
et les crayons volent !
Assis par terre au milieu de ses affaires éparpillées, Éric
contemple tristement les restes de son beau bouquet.

– Il me faudrait… dit-il tout bas, les yeux pleins
de larmes…
Mais il n'a pas le temps de finir sa phrase :
une main a pris la sienne.

– Suis-moi ! dit une belle dame.
Et les voilà partis…

D'abord, Éric ne remarque que les flashes et les bravos
de la foule. Puis le maire s'avance.

– Félicitations, mon garçon, tu as gagné la course !
s'écrie-t-il, ému, et il lui tend un bouquet magnifique.

– Hourra ! hurle Éric sous les vivats de la foule déchaînée.
Mais en voyant l'heure, il se souvient de son amie.

– Il me faut… juste… dit-il gravement… mon vélo !

Et le voilà parti…

Assise devant chez elle, Émilie pleure. Elle a attendu toute la journée… mais Éric n'est pas venu. Soudain, elle entend le tintement d'une sonnette. Elle se retourne et voit un énorme bouquet.

– Bonjour, Émilie, fait la voix d'Éric derrière les fleurs. Tiens, c'est pour toi !

Émilie éclate de rire et lui saute au cou. Éric veut tout lui expliquer mais Émilie saisit son panier et dit avec un large sourire :
– J'ai ce qu'il nous faut… un PIQUE-NIQUE ! Suis-moi !

Et les voilà partis…